DEUXIÈME SEMAINE
A MARIE.

CHOIX DE SEPT NOUVEAUX CANTIQUES

EN L'HONNEUR DE LA

TRÈS-SAINTE VIERGE.

Paroles et Musique d'A^{ré} FAURÉ,

CURÉ A BARBAIRA (Aude).

CARCASSONNE,
IMPRIMERIE DE PIERRE POLÈRE.

1861.

DEUXIÈME SEMAINE

A MARIE.

PROPRIÉTÉ.

C.

GLOIRE A MARIE.

I.

Chœur.

Gloire en tous lieux
A la divine mère !
Gloire en tous lieux
A la Reine des Cieux !
C'est le cri de toute la terre,
C'est le concert de tous les cœurs pieux :
Gloire en tous lieux
A la divine mère !
Gloire en tous lieux
A la Reine des Cieux !

Solo.

Peuple chrétien, dans tes jours d'allégresse,
Offre à Marie un hymne solennel.
Venez, enfants, venez, tendre jeunesse ;
Chantez son triomphe immortel.

Gloire en tous lieux, etc.

1861

II.

Unissons-nous aux brillants chœurs des anges
Pour célébrer ses sublimes vertus :
Marie a droit aux plus belles louanges ;
　　Elle est la Reine des Élus.

　　　　Gloire en tous lieux, etc.

III.

Tout ici-bas proclame sa puissance,
Tout nous redit les charmes de son cœur ;
Mais c'est au ciel, dans une gloire immense,
　　Que brille toute sa grandeur.

　　　　Gloire en tous lieux, etc.

IV.

Après Jésus, maîtresse souveraine,
Elle commande à la céleste cour ;
Mais c'est toujours la plus aimable Reine ;
　　Son trône est un trône d'amour.

　　　　Gloire en tous lieux, etc.

V.

On voit partout sa bonté, sa clémence
Sourire aux vœux des malheureux mortels ;
Partout les dons de la reconnaissance
　　Viennent embellir ses autels.

　　　　Gloire en tous lieux, etc.

VI.

Le matelot invoquant sa patronne
Voue sa barque à la Reine des Mers,
Et le monarque offre aussi sa couronne
    A la Reine de l'Univers.

      Gloire en tous lieux, etc.

VII.

Et nous aussi, tous les jours de la vie,
Nous lui ferons l'hommage de nos cœurs.
Elle sera notre Reine chérie
    Et nous serons ses serviteurs.

      Gloire en tous lieux, etc.

PRIÈRE A MARIE.

Chœur.

O Marie, ô ma douce mère,
Jetez sur moi les yeux.
Daignez du haut des cieux ⎱ bis.
Écouter ma prière. ⎰

Solo.

Aux dangers de la vie
Ne m'abandonnez pas ;
Je me jette en vos bras,
En vous je me confie :
Ah ! donnez-moi toujours
Votre secours.
O Marie, etc.

II.

Chaque jour me rappelle
A de nouveaux combats ;
Je ne vois ici-bas
Qu'une lutte éternelle :
Ah ! donnez-moi toujours
Votre secours.
O Marie, etc.

III.

Tout sans cesse conspire
Contre mon faible cœur.
Je tremble de frayeur
Et vers vous je soupire.
Ah! donnez-moi toujours
   Votre secours.

   O Marie, etc.

IV.

Mais vous êtes ma mère
Et je suis votre enfant.
Votre pouvoir est grand ;
C'est en vous que j'espère.
Ah ! donnez-moi toujours
   Votre secours.

   O Marie, etc.

V.

Vierge pleine de gloire,
Je suis à vos genoux ;
Je n'attends que de vous
L'honneur de la victoire.
Ah! donnez-moi toujours
   Votre secours.

   O Marie, etc.

LE LIS

OU LA FLEUR DE MARIE.

I.

Solo.

Ah ! qu'il est beau dans la plaine fleurie
Le lis éclatant de blancheur !
En l'admirant tout le monde s'écrie :
Le lis est la plus belle fleur. } *bis.*

Chœur.

C'est la plus belle fleur !   *bis.*
Nous la donnons à la Vierge Marie ;
A son autel elle est toujours chérie,
Toujours elle plaît à son cœur :
C'est la plus belle fleur !   *bis.*

II.

Le voyez-vous paré de sa couronne
Aux premiers rayons d'un beau jour ?
C'est un grand roi que la gloire environne ;
Toutes les fleurs forment sa cour. } *bis*
C'est la plus belle fleur, etc.

III.

Plein de douceur et de magnificence
Il lève son front vers les cieux ;
Et sur la terre il verse l'abondance
De ses parfums délicieux.

C'est la plus belle fleur, etc..

IV.

J'aime le lis et sa blanche parure ,
Symbole de gloiré et d'honneur..
Il est si beau ! sa fleur est toute pure,
Toute brillante de fraîcheur.

C'est la plus belle fleur, etc..

V..

Je veux l'offrir à la Reine des Anges ,
Je veux en orner son autel.
L'odeur du lis et nos chants de louanges
Montent à son trône immortel.

C'est la plus belle fleur, etc..

VI.

Offrons surtout à la divine mère
Le beau lis de la pureté..
C'est sous ses yeux et dans son sanctuaire
Qu'il garde toute sa beauté.

C'est la plus belle fleur, etc..

FIDÉLITÉ A MARIE.

I.

Chœur.

Je suis à vous, bonne Marie;
    Je vous donne mon cœur.
Je suis à vous, mère chérie,
    Vous êtes mon bonheur.
Je suis à vous, bonne Marie,
Je suis à vous toute la vie.

Solo.

Aux pieds de votre image
Prosterné chaque jour,
Je vous offre l'hommage   } bis.
De mon ardent amour.
    Je suis à vous, etc.

II.

Le monde me convie
A ses plaisirs trompeurs;
Mais toujours je n'envie   } bis.
Que vos douces faveurs.
    Je suis à vous, etc.

III.

Il n'est plus sur la terre
Pour moi de vrais plaisirs ;
Vers vous, ô tendre mère,
S'élèvent mes désirs.

}*bis.*

Je suis à vous, etc.

IV.

Le matin à l'aurore
J'ai pour vous un soupir,
Et vers le soir encore
Ma voix sait vous bénir.

}*bis.*

Je suis à vous, etc.

V.

Comme la pure flamme
Qui brûle à vos autels,
Ils vivront dans mon âme
Vos bienfaits immortels.

}*bis.*

Je suis à vous, etc.

VI.

Ici je renouvelle
Le plus doux des serments :
Je vous serai fidèle
Jusqu'aux derniers moments.

}*bis.*

Je suis à vous, etc.

L'ORPHELIN

OU L'ENFANT DE MARIE.

Solo.

Sur cette triste terre,
Une douleur amère
Sans cesse dévore mon cœur.
 Chaque jour, à toute heure,
 Je gémis et je pleure;
Je ne connais plus le bonheur.   *bis.*

Chœur.

O Marie, ô ma bonne mère,
 En vous toujours j'espère;
 Vous serez mon soutien.
O Marie, ô ma bonne mère,
Ayez pitié de l'orphelin.   *bis.*

II.

 En vain, quand je soupire,
 J'attends un doux sourire,
Je cherche un regard maternel.
 Dans ma longue souffrance
 Je n'ai plus d'espérance,
Je n'ai qu'un regret éternel.   *bis.*
  O Marie, etc.

III.

Au printemps de ma vie,
Elle me fut ravie,
Celle que j'aimais tendrement.
Aujourd'hui solitaire
Au coin de la chaumière
Que deviendra le pauvre enfant !   *bis.*

O Marie ; etc.

I V.

Sous un épais feuillage
L'oiseau trouve un ombrage
Contre la brûlante chaleur,
Et moi jeune et fragile
J'ai trouvé mon asile
Près de l'autel consolateur.   *bis.*

Ô Marie, etc.

V.

C'est dans ce sanctuaire
Que le céleste père
M'offre le pain de chaque jour;
Mais une mère tendre
Sur moi daigne répandre
Tous les bienfaits de son amour.   *bis.*

O Marie, etc.

LA BANNIÈRE DE MARIE.

I.

Solo.

Venez, venez, troupe fidèle,
Marie appelle ses enfants ;
Rassemblez-vous, courez tous auprès d'elle,
Venez vous placer dans ses rangs.

Chœur.

Allons, accourons tous
Auprès de notre mère :
Sous sa blanche bannière
Rassemblons-nous.

} *bis.*

II.

Voyez briller sa douce image
Comme l'étoile du matin ;
Dans les dangers de ce pèlerinage
Elle vous montre le chemin.

Allons, etc.

III.

Marchez toujours avec courage
Au nombre des bons serviteurs ;
La Vierge alors sensible à votre hommage
Vous comblera de ses faveurs.

Allons, etc.

IV.

Elle sera votre lumière,
Elle sera votre secours ;
Si l'ennemi vous déclare la guerre,
Elle vous défendra toujours.

Allons, etc.

V.

Sous le drapeau de la patrie
Le fier soldat brûle d'ardeur ;
Et le chrétien sous les yeux de Marie
Brave l'enfer et sa fureur.

Allons, etc.

VI.

Avancez donc, saintes phalanges,
Suivez l'étendard glorieux ;
C'est l'étendard de la Reine des Anges ;
C'est lui qui vous conduit aux cieux.

Allons, etc.

LE SANCTUAIRE DE MARIE.

Chœur.

Auguste sanctuaire,
Délicieux séjour,
Reçois notre prière } *bis.*
Et nos hymnes d'amour.

Solo

Aux brillants palais de la terre
Mille fois je préfère
Tes charmes, ta douceur ;
Aimable asile,
Toujours tranquille,
Tu portes dans mon cœur
La paix et le bonheur.   *bis.*

I I.

Voici la demeure chérie
De la Vierge Marie,
De la Reine de Cieux.
Dans ce saint temple
Elle contemple
D'un regard gracieux
Ses serviteurs pieux.   *bis.*
Auguste sanctuaire, etc.

III.

Ici les dons de sa clémence
    Coulent en abondance
    De son cœur maternel;
        Et sa tendresse
        Veille sans cesse
    Sur le pauvre mortel
    Qui prie à son autel.   *bis.*
        Auguste sanctuaire, etc.

IV.

Ici le lis de l'innocence
    Fleurit dans le silence
    Loin des vents orageux;
        Et sa parure
        Toujours si pure
    Brille dans ces saints lieux
    Comme un rayon des cieux.   *bis.*
        Auguste sanctuaire, etc.

V.

Et toi, fleur jadis si charmante,
    Une haleine brûlante
    Fait pâlir ta couleur.
        Rose flétrie,
        Viens à Marie,
    Un souffle de son cœur
    Te rendra ta fraîcheur.   *bis.*
        Auguste sanctuaire, etc.

VI.

Venez, trop fragile jeunesse,
Et vous, triste vieillesse,
Ayez ici recours.
 Entrez sans crainte
 Dans cette enceinte,
Vous trouverez toujours
Un généreux secours.   *bis.*
 Auguste sanctuaire, etc.

VII.

Venez, vous à qui la souffrance
A ravi l'espérance,
Vous qui versez des pleurs ;
 Marie est bonne,
 Elle vous donne
Un terme à vos malheurs,
Un baume à vos douleurs.   *bis.*
 Auguste sanctuaire, etc.

VIII.

Aux pieds de la Vierge fidèle,
Dans son humble chapelle,
Offrons-lui nos présents.
 Sous cette voûte
 Marie écoute
Et les vœux et les chants
De ses dignes enfants.   *bis.*
 Auguste sanctuaire, etc.

TABLE

DES CANTIQUES.

La musique pour ces Cantiques est simple et facile ; mais ce qui ajoute encore à la simplicité , c'est que les refrains en chœur , écrits pour trois parties , peuvent , sans altérer le caractère du morceau , se chanter par toutes les voix à l'unisson , en prenant pour sujet la partie du premier dessus.

LES PAROLES SEULES ,
25 C. FRANCO PAR LA POSTE.

LA MUSIQUE avec les Paroles en regard ,
Format grand in-8º ,
PRIX NET : **1** FR. , FRANCO PAR LA POSTE.

www.ingramcontent.com/pod-product-compliance
Lightning Source LLC
Chambersburg PA
CBHW061735180626
46818CB00006B/2626